詩集

まばゆい光のひかりの道程

Noriko Hanazawa
花沢典子

文芸社

詩集　まばゆい光の ひかりの道程　＊　目次

秋の空

樹木が立ちならんでいる
まっすぐな道を
風にふかれながら
歩いてみる

そうすると
顔のまわりを風が
からだ　ぜんたいに風が
サラリ　サラリと
通りすぎていく

上をみあげると
樹木には葉が
かすかにかすかに
赤や黄になってついている
そのすきまから空が
雲一つない空が
広がってみえる

なんとなく
そう
なんとなく
目がさめた気持ちになって

それから
前をみつめて
まっすぐ　まっすぐ
歩いてみる

落ち葉をふみしめながら
まっすぐ　まっすぐ
歩いてみる

（十八歳）

お散歩

自転車に乗って
散歩していると
不思議と心が
あったかくなってくる

風が私に
「おはよう」といい
小鳥が私に
「ねぼすけね」
という

木々や花達も
あちこちから声をかけてくれる
そのたびに
「風さん　おはよう」といい
「小鳥さん
あなたにはかてません」
というのです

ちょっと　耳をすませてみると
きっと　あなたのまわりでも
風や小鳥や草花達が
あなたにむかって
話しかけているはずです

そう　そう
ちょっと　耳をすませてみるだけで
いいん　ですよ

（二十歳）

風の姿《スガタ》

冬の風は
肌にキリキリ刺さり
心臓まで　つきささる風が

秋の風は
顔のまわりの膜を
汚れてしまった
心の中を
さらってくれる
気持ちのいい風が

夏の風は
マッタリ　ジワジワ
それでも汗が
ひとたびでれば
ビールのうまい
さわやかな風が

春の風の
もわっとした　くぐもった風が
草花達の
生命をつくりだす風が

風の気持ち

飛行機の風が
未来へと
どーっんと
力強い風が
とびだしていく

（二〇〇三年八月）

夏のある日

夏の高速
反対車線
車がつらなり
ミラーの宝石
キラ　キラ　キラリ

夏の太陽
海辺のたたずみ
ビーチパラソル
砂の感触

風はなまぬるく
潮をふくむ
しめった風が
しっとり　しとり

海辺で宝石
波間に　キラリ
キラ　キラ　キラリ

（二〇〇三年八月）

虹色しゃぼん

虹色に輝く
生まれては
消えていく
はかなく輝く
まあるい球体たち

うみがめの
しゃぼんと同じ
何十個も
産卵しては
砂をかけられる
まあるい球体たち

どっちも　まあるい
まあるい　球体です

（二〇〇三年）

あなたが落ち込んでいるときは……

あなたが落ち込んでいるときは
ずっと　そっと抱きしめてあげる

でも
肌が触れあうのも　イヤになるくらい
落ち込んでいるときは
ずっと　そっと
「大丈夫だよ」ってささやくわ

でも
声を掛けられるのも　イヤになるくらい
落ち込んでいるときは
ずっと　そっと
となりに座っているよ

でも
誰かがそばにいるだけで　イヤになるくらい
落ち込んでいるときは
ずっと　そっと
遠くで　みつめているわ

あなたはね
あなたは一人じゃないんだよ
少なくとも

あなたのことが大好きな
私がいるのだから

そして
それはね
きっと　きっと
誰のまわりにも
一人はね
きっとね
いるはずなんだから

だから
瞳をあけて
前をみつめて
歩いていこうよ

瞳をあけて
前をみつめて
歩いていこうよ

（二〇〇四年二月六日）

生き抜くこと

悩んでいるときは
自分だけが苦しくて
周りの人は　みんな楽しそうにみえる

苦しいときは
自分だけが不幸で
周りの人は　みんな幸せそうにみえる

　そんなことはないのにね

生きていれば
ただ　ただ　それだけで
悩むことも　苦しむことも
いっぱい　いっぱいあるのにね

なのに
落ち込んでいるときは
自分だけが　苦しくて
自分だけが　不幸だって
そう　思えてしまうんだよね

　そんなことはないのにね

みんな　みーんな

一緒だよ

悩まない人　苦しまない人
そんな人は
どこにもいないのだから

そうしたら
そう思うだけで
きっと　きっと
肩にはいっていた力が
スーッと抜けて
少しは楽に
思えては　きませんか？

抱えている問題は変わらなくても
生きていくことは大変でも

だからこその輝きが
あると信じて
生きていっては　みませんか？

そう
私と一緒に
みんなと一緒に

（二〇〇四年五月三日）

黄昏

時の流れが
あんまりにもはやすぎると
あなたは
遠くの海をみつめて云った
その横顔が
とてもすきとおっていて
いまにも消えてなくなりそうで
私も一緒になって海をみつめた
あなたの心に少しでも近づくための
せいいっぱいの私の想い
あたりは　オレンジに染まり
そろそろ　帰る時だと
つぶやいていた

（十八～二十歳）

さみしいとき

さみしい時　あなたはどうしますか？
時間がぜんぜんすすまなくて
一日が長くて　苦しくて　さみしくて……
誰かと話しをする
勇気も元気もなくて
ただ　ただ
ベッドで　体育座りをして……
時計をみても　ぜんぜんすすまなくて……
そんな時
あなたは　どうしますか？
それとも
あなたには
そんな時間は
ないですか？

（二〇〇四年二月）

可愛い人

我が家の母は
雷が鳴ると
きまって
「カーテンを開けて
　はやくみないと……」
と云うのです
ずーっと眺めていないと
不安なのだと云うのです
なのに少し
楽しげでもありました

そして
だからこそ　私も
幼い頃から
雷が鳴って
できれば
雨がドシャ降《ぶ》り
風が吹けば
なぜか
ウキウキしてしまうのです

まるで
吉本ばななの世界みたいだわ
と　今の私は

思ってしまうけれど
でも
そんな母を
やっぱり
可愛いな
と　思ってしまいます

そして
しみじみ
この母の子供でよかったな
と　幸せに思います

私も　いつか
母となりえたなら
そうしよう！
そう心に
今
決めました

（二〇〇四年三月五日）

綿飴が口の中で……

ずっと続いていた緊張が
綿飴が口の中でとけていくように
ジワッ　スーっと
なくなりつつある今の私は

ただ　ただ
風の匂いや
太陽のヒカリや
人々のせわしなく歩く姿や

ただ　ただ
それを眺めているだけで

そっと　静かに
そっと　静かに

幸せだと感じるのです

そして
そんなふうに感じることが
できるようになった
自分自身が

「大好き！」と

誰がなんと言おうと
自分自身で
言うことができるのです

そして
そんな私を
また　また
好きになりました

（二〇〇四年三月四日）

雪の結晶

雪が空から
まるで小さな小鳥のように
ささやきながらまいおりてきたのは
ちょうど私が
窓を開き　外を眺めたとき
ちょうど　そのとき
ちょうど　そのとき
雪はまいおりてきたのでした
私の小さな　小さな友達

そっと　手をさしだして
雪が　手のひらにつもるように
そっと　ずっと
手を窓の外からだしていました

でも　はかなく
手の　あたたかみで
とけてしまうだけでした
それは　私が生きている
証拠なのかもしれないけれど
少し　さみしかったのを
憶えている

（十八歳）

人のカオ

赤ちゃんのときのムチムチした
はりのある「カオ」が

年をかさねていくうちに
シワ　シワになっていく
不思議

どういう暮らしをしていたかを
つぶさに物語る
手指　かんせつの
不思議

この世の中には
不思議なことがいっぱい

そして
生き抜く力の
大切さを感じます

そして
どちらも　人間……
ですよね

（二〇〇三年）

大人

私が子供の頃
二十歳の　お兄さん、お姉さん達が
とっても　とっても
大人にみえた
そんな　私も
年をかさねて
今年で二十三歳
年からみれば
しっかり
大人になりました

なのに
それ程
世界が変わっていないのは
なぜなのでしょう

心は
子供の時と
それ程
変わっていないのです

私が子供の時
見上げた人達も
心の中では

今の私と同じように
感じていたのでしょうか

今の私からみた
大人の人も
心の中は
子供の部分をもっているのでしょうか

その年になってみないと
わからない
それが
実際のところなのでしょう

でも
ちょっと先の世界を
のぞきたくなってしまいます

三十歳の自分
四十歳の自分
五十歳の自分
どんなふうになっているのでしょうか
楽しくなってしまいます

でも
わからないから
人生

楽しいのかもしれません
でも
生きていくうえでは
楽しみが一つ
増えました
それまで
生きていくことにいたしましょう

（二十三歳）

夕日

夕日の空の
はかない砂時計が
ぐんじょう　オレンジの
天使のはしご達が

空から地上へ
まばゆい　光の中
まいおりて
サラ　サラと
時が流れていく

その空の中
まっかに燃えた太陽が
ほんの一瞬にして
沈んでいく

まるで
人生の終わりと
同じように……

そして
砂時計の砂は
下へと　すべて
流れ落ちたのでした　　　　（二〇〇三年）

蛍光灯

蛍光灯の色は
あったかみのある
おひさま色や

まるで
人をつき放すような
こおり色や

人間の色も
これも
さまざま色

年を重ねて
味わいのある
人間色に
私はなりたいです

（二〇〇三年）

キラリと輝く明るい光

落ち込んでいるときは
めいっぱい
暗い気持ちになれば
いいんです

なにも
無理をしてまで
明るい気持ちに
なることはありません
時間は
いっぱい　いっぱい
あるのですから

けれど
そうはいっても
時間は
いっぱい　いっぱい
あるといっても

永遠に
ずっと
落ち込んで
暗い気持ちでいたのなら

その間の
生きている時間が
もったいない
そうは思いませんか？

そして
だからこそ
一人で
迷惑かけずに
落ち込んでいたのなら

その
落ち込んでいる最中に
キラ
キラ
キラリと

あなたの心の内が
明るい光で
照らされるのではないかと
私は　そう
信じています

だからこそ
明るい光の中
生きていくことができたなら

もし
そうできたなら
きっと　幸せになれる
そう
思うのです

（二〇〇四年五月十日）

人が大好きならば

人を傷つければ
自分も傷つく
その人が
大好きで
あれば
あっただけ

人に優しくできたときには
自分も優しい気持ちになれる
その人が
大好きで
あれば
あっただけ

もし
大好きな人を
傷つけたならば
あやまって

だけれど
それで
すべてが
許されるわけでもなく

もし
大好きな人に
優しくできたとして

だけれど
それで
すべての人が
幸せになれるわけでもなく

それでも　人が
大好きならば
きっと大丈夫
なぜか
そう
思えてなりません

（二〇〇四年五月九日）

淋しさと一緒に

人間である限り
淋しい気持ちから
のがれることなんて
　きっと
ないのだと
　私は
　そう
思うのです

それは
たとえ
大好きな人と
ずーっと
一緒に
生きていくことが
できたとしても
　です

大好きな人と
ずーっと
一緒に
生きていくことができる

それは

とても
幸せなことですよね

だけれど
大好きな人だからこそ
相手をもっと知りたい
優しくありたい

そう
思えば
思うほどに
淋しさも
つのるのでは
　と
思うのです

なぜなら
どんなに
大好きな人であったとしても
その人の
すべてを
理解することは
不可能である
　と　私は
　そう
思うからです

だけれど
淋しい気持ちであるからといって
不幸せであるわけでは
ないはずです

どんなに
淋しい気持ちであったとしても
大好きな人と
ずーっと
一緒に
生きていくことが
できるということは

淋しい気持ち
それ以上に
幸せなことである

　そう
思うからです

大好きな人と
ずーっと
一緒に
生きていくことが
できたなら

そう
できたなら
いいですね

（二〇〇四年五月十二日）

心の記憶　溢れる愛情
そして忘れるという才能

つい最近
部屋を片付けていたら
幼い頃の
無邪気に微笑んでいる
私に出逢いました

私には
その頃の記憶は
まったくないけれど

だけれど
それは
まぎれもない　私自身

だから　時々
私は奇妙《へん》な気持ちになるのです

私には
その頃の記憶は
まったくないけれど

だけれど
それは

両親にとっては一番に
記憶に残っているであろう
かわいい　かわいい
幼い頃の私

その頃の私だって
ちゃんと　会話をして
ちゃんと　心をもっていて
そしてきっと
その時のことだって
ちゃんと　憶えていたはずなのに

大人になった私は
部屋を　片付けて
たまたま　手にした
幼い頃の　私をみつける

だけれど
悲しくなるくらい
なんにも憶えてなくて

だから
今の私の大切な時間も
あのころに負けないくらい
大切な　今の私の時間も
あと

何年、何十年
って　経ったなら

そんなふうに
そんなふうに
ぼやけていってしまうのだろうか

そんなことを
一人
自分の部屋で考えていたら
とても
とても
奇妙《へん》な気持ちになるのです

だけれど　たとえ
今の私が過ごす
ありふれた日常を
忘れていくとしても
それが
人間という生き物なのでしょう

生きていくことが
困難におもえてしまうくらい
悲しいことがあっても

それでも

生きていくことができるのは
人間である私達が
「忘れる」という才能を
人それぞれもっているから
なのでしょう

それは
楽しいことも同じです

人間は貪欲だから
どんなに幸せな一日を
過ごすことができたとしても
その一日のことは
ありふれた日常生活のなかにうもれ
幸せな一日を　また
もとめてしまうのです

だけれど
幼い頃の私の
その微笑みをみれば

どんなにか溢れるほどの愛情を
そそがれていたのかということが
痛いほどに伝わって

そんな　私は

幸せ者なのだということに
今さらながら
気付かされたのです

私を愛してくれた
両親に感謝！

（二〇〇四年七月二十七日）

今と昔の静かな夜に

世界はどんどん進歩して
古い頭の私には
ついていけないことも
いっぱいあるけれど
それでも
進歩したことによる
快適さや　便利さを
味わって
生きているのでしょうね

けれど
私は
多少の不便さは
あったほうが
生きていくうえでは
楽しいのになぁー

なんて勝手に
快適な生活を
手に入れて
それに
慣れきってしまった私は
そんなふうに勝手に
思ってもみるのです

遠い昔の世界を
今、この時代にしか生きることのできない
今の私が
そっと　静かな　静かな夜に
暗闇の中
遠い昔を覗いてみると
そこは
今より闇が深く
自然の音がきこえ
それが人々の子守り唄

そんなふうに
今を生きる私は勝手に
想像してみるけれど

どんなに世界が進歩しようと
今も昔も
生きている時間を
幸せに過ごしたいとおもう心は
一緒だったはず

たまには
夏の夜の暑い日に
いつもはつけっぱなしの
クーラーをけして

昔の人々の過ごした夜に
おもいを馳せる
そんなふうに過ごす夜も
たまには
いいかもしれませんね
多少　汗もかくし
いつもより快適では
ないかもしれないけれど……

（二〇〇四年七月二十五日）

夏の夕暮れ

夏の夕暮れに
部屋の窓の外から
大きな響きで
蝉が鳴いていました

この頃の私は
あまり外にでていなかったために
自分のからだで
「夏」という季節を
感じていなかったのです

けれど
窓の外からきこえてくる
蝉の声は
まさに
「夏」そのものでした

自分が
どんなふうに生きていようと
確実に
季節は移りゆく

そんな
あたり前のことを

あらためて
おもいしらされた
夏の夕暮れでした

（二〇〇四年七月二十三日）

「わからない」ということの意味

子供の頃は
人に対しても
何に対しても
純粋さや
無邪気さを

そして
それゆえの
残酷さをも
みんな　みんな
もっていたのに

大人になってしまった私達は
それを　どこへ
置いてきてしまったのだろう

大人になると
純粋でいれば　それゆえの
つらさがいっぱいで
だから
自分を守るために
いつしか　瞳がくぐもって

大人になれば

無邪気さは
自分では
そのつもりではなくても
相手を深く傷つけて

唯一
残酷さは
大人になっても
心のおくに
誰しももっているけれど
それは
誰にも
気付かれないように
かたく　かたく
心に「カギ」をかける

私は大人になって
いろんなことを
わかるようになったけれど

わかる必要があったのかと
誰かにきかれたなら
　私は
「わからない」
　そう
答えるでしょう

「わからない」ことが
一つそこにあるという
たった
それだけのことが
私の心を
深く安堵させるのです

（二〇〇四年）

私の生命《せかい》

人と話をしていても
表面的に　交わされる
言葉の中にある意味を

深く　深く
考えていくあまり

本質的なことが
かえって
遠まわりしてしまっているような
そんな言葉の中に
私は振り回されて
人と話をすることが
疲れることと
私の頭の中で
認識されつつある

いつから　私は
言葉を　言葉のままに
頭でない
心のままに
感じることを
忘れてしまったのだろう

だから　私は
どこへいっても
安らぐことができず
一人でいることを
決め込んで
生きてしまっているのでしょう

それが
どんなにか
生きていくうえで
私の生命《せかい》を
縮めてしまっているのかを
知りもせずに……

（二〇〇四年七月二十五日）

半年の命

後　半年の命
そう　いわれたら
人は何を想うのだろう
今までの生き方を
悔やむのだろうか
それとも
何も感じないのだろうか
「後　半年の命なんてウソだ」
と　信じることが出来ないのだろうか
私にはいわれたことがないからわからない
けれど　これだけはわかる
普段　気にもとめなかった
ささいなことが
急に　重要なこととなるということ
あたり前だったことが
あたり前じゃなくなるということ
それだけはわかる

わかるような気がする
後　半年の命
私自身がそういわれたとき
そのときはじめて
その答えがわかるのだろう

（一九九五年十月六日（金）ドラマ「家族　あなたは父を愛せますか（出演・和久井映見　いしだあゆみ他）」を見て）

人生のハードルを乗りこえる力

私はなにかをされるにしても
　　なにかをするにしても
そして
それが
どんなに嬉しくおもうことであったとしても

そして
それが
どんなにその人の為になっていたとしても

そのことで
幸せな気持ちになると同時に

そのことが
私を不安な気持ちにさせるのです

人生には
いくつものハードルがあり
そして
その　終点が
死というものであるならば

私は死の直前まで
いつも　不安で

自信のない気持ちで
日々を過ごすのだろうか

そう　おもうと
これから先の私の人生が
ひどく　長く感じられ

そして
ほんの少しの絶望も
感じてしまうけれど

けれど　それでも　だからこそ

私は
人生において
たとえ
ほんの一瞬であったとしても
大好きな人に逢うことのできた
一瞬の気持ちや
自分のしたことが達成できたときの
一瞬の幸せ感や

そんな
ほんの　ささやかな
一瞬の喜びを味わいたくて
生きているのかもしれません

これから先に
どんな人生のハードルが
待っているかなんて
決して　誰にも　わからないけれど

けれど　それでも　だからこそ

うしろ向きになりそうな心を
少しでも目線を前に向けることが
できたなら

人生のなかのさまざまなハードルを
乗りこえる「力」が
湧いてくるようにも思うのです

そして
ほんの　ささやかな
喜びを「力」にかえていくことによって
人生のなかのさまざまなハードルを
ひとつ　ひとつ
乗りこえていくことができたなら
前をみつめていくことができたなら

そんなおもいを
心の内に　胸の奥に

しっかりと
刻みこみながら
生きていくことができたなら

そんな　ふうに
そっと　そっと
思うのです

（二〇〇四年九月）

なんの音もしない　その夜に

一人で自分の部屋の
なんの音もしないその夜に
そんな一人きりのその夜は
私を孤独へと
導いてくれる

時の流れは
とてもゆるやかで
ゆるやかといえば
きこえがいいが
実際のところは
耐えがたく
いっそのこと
苦しさのあまりに
身体が疲れて
そのまま
ベッドのなかへ横たわって

ねむりのなかへいけたなら
どんなにかいいだろうと
おもうのだけれど

本当に苦しい
そんな一人きりのその夜は

ねむりにつくことさえ
ゆるされず
ただ　ただ
時が　すぎるのを
ずっと　ながめていなくては
ならないのです

そんな一人きりの　その夜は
なんの音もしない　その夜に

いま
一人きりのなんの音もしない
自分の部屋で
幸せなねむりにつけることを願いながら
静かに　おもい　ふけるのです

（二〇〇四年九月）

産まれいずる平等

人はみんな
お母さんの
お腹のなかから産まれ
その
お腹のなかでは
いっときの
平等をあじわう

けれど
お母さんの
お腹のなかから産まれおちた
その瞬間から
自分をとりまく世界は
決して
平等ではないということを
生きていけばいくほどに
おもい知らされることに
なるのです

どんなに努力をしても
手に入らないものが
この世の中には
あるのだということも……

けれど
それでも
人は人として
生きていかなければならず

ある人は諦めを
ある人は悟りを
そして　希望を

どのみち
人間の一生なんて
地球の命からみれば
ほんの一瞬の
強く輝く光のようなもの

だからこそ
「どんな環境でも
　自分なりに
　生きていこう」

などと
考えてしまう私は

きっと
本当の苦しみなど
本当の生きていくうえでのつらさなど

決して
知りえていないのだと
そう　強く
思うのです

（二〇〇四年九月）

道程

あなたが歩いてきた道程を
いくら消しさりたいと願っても
悲しいことも、嬉しいことも
等しく
あなたの頭から追い出すことはできない
けれど
蓄積された過去の記憶を
そのまま保存するか
圧縮して保存するかどうかを
選ぶことは
もしかしたら
できるのではないだろうか
もちろん
どちらに　どちらを
保存するのかを決めるのはあなただから
私がとやかく言える立場にはないが
どちらにせよ
あなたが選んで歩いてきた道程を
もう一歩前に踏みだす
力と勇気というかたちで
いい意味での消化ができたのなら
きっと
どんな過去の記憶も
あなたの人生のなかから

消しさりたいなどと
おもう心は
なくなるのではないだろうか

そう
どんな過去の記憶も
すべては
明日へと向かって、つながって
走りつづけるものなのだから

（二〇〇四年十一月）

器用と不器用

私はなにをするのも不器用でした。そしてそれは幼い頃の私にとってかなりの負担でもありました。他の友達が簡単に出来《でき》ることが私には出来《でき》ない。もどかしくまた、悔しい気持ちだったのでは……。と今振り返るとそう思います。ところが最近の私は「不器用であっても、それはそれでいいではないか」と半ば開き直りではあるかもしれませんが、そう思えてしまうのです。それはなにも手先が不器用であるというだけでなく、生き方が不器用であるなど色々ある中の不器用ということであるのですが……。不器用であれば「どうしてうまくいかないのだろう」と考え、そして「こうしたら、できるようになるのではないか」と考えるかもしれません。考える力、想像力がつくはずです。不器用だからこそ考える力も湧くのです。しかし、そうは言っても大人になり、就職などをすればのみこみが速くてきぱきできたほうがいいのではないかと思われる人もいるでしょう。私は就職をしたことがないので実際に仕事をするということがどんなにシビアでどんなに大変で難しいことであるか（人間関係を含め）しりません。だからこれから私の言うことは理想論かもしれません。しかし私は思うのです。

「簡単にできたことは
　簡単に忘れてしまうが
　苦労して覚えたことは
　のちのちまで忘れない」

負け犬の遠吠え……でしょうか。私自身が不器用なのでどうしてもそちらのほうに力が入ってしまうのです。これを読んでいる器用なみなさん、気分を害さないでくださいね。そして私がもちあわせていない器用であるがゆえの苦労話など機会があったら聞かせて欲しい……。そう思います。

（二〇〇四年五月七日）

孤独観

あなたはどんなときに「孤独」を感じますか？

私が一番に「孤独」を感じるのは案外「自分一人」でいるときではなかったりするのかもしれません。私が「孤独」を感じるとき、それは「大勢の人の中にいるのに一人」となぜかフッと思ってしまう瞬間かもしれません。そんなときの私の瞳に映るものはまるで「音のない世界」そして「こんなにそばにいるのに手が届かなくなるほどに遠い」というふうに映しだされた世界です。そんなふうに感じてしまったときの私はよく涙を流さずにうつむいて泣いていたりしていました。ちなみに私が涙を見せずに泣くことを覚えたのは二十歳の頃でした。またいずれ、その頃のことも書くかもしれません。みなさんは、どんなときに「孤独」を感じますか？　そして「涙を流さずに」泣いてみたりはしていますか？

（二〇〇四年）

夕日への想い

私は小学一、二年生のときくらいから太陽が大好きでした。その中でもなぜか「夕日」が大好きだったのです。よく憶えているのが小学一年生のとき。近所のお友達と学校が終わってからずっと夢中で遊んでいたのでしょうか、そこのところはよく憶えていないのですが「もう帰らないと遅くなっちゃうよーっ」といってみんなでアスファルトを蹴りながらまわりは畑の中を走って家に帰っていくときに私の左側に大きな大きな太陽がまさに沈んでいくところだったのです。一瞬私は走るのをやめて「きれいだなぁー」と子供ながらに思って立ち止まったほどでした。

そのときから大人になった今も「夕日」は大好きです。でもその中にいだく感情は年を経るにしたがって変わりつつあるようにも思います。みなさんは「わけもなく好き」というものはありますか？　私にとって「夕日」はまさに「わけもなく好き」なものの一つです。

（二〇〇四年七月四日）

大切な一日

一日、一日は一つだって同じ一日ではありません。

毎日見上げる空もそして毎日会う人たちでさえもそれが、そこに、いつもある。

そしてそれがまるで永遠につづくかのような錯覚を起こさせる。しかし毎日見上げる空にしたって雲の形、空の青さは、見ているそばから形を変え、色も変化していくのです。毎日会っている人たちでさえそうです。その人と明日必ず会える、そんなことはわからないですよね？　だからこそ一日を生きることが愛しく思えてくるのではないでしょうか。

生きていくことは決して楽ではないけれど、嫌なことも一日のうちに何度あるか、わからないけれど、それはあなたが生きている証しです。大切な大切なかけがえのない人生の中の一日という時間です。そう考えるとあなたも一日という時間が大切に思えてはきませんか？　大事になさってください。そして、いつかくる人生の終わりの瞬間に「いい人生の時間を過ごせた」と思えるように精いっぱい生きていけたなら……。そう思います。

（二〇〇四年）

あとがき

私の書いたものを読んでくださった人たちの心の奥の深いところに、無意識の中にでも生きる力や希望や夢のようなものが水分のように身体全体に行き届き、心の内にあたたかい風が吹いたなら、それは私にとってとても幸せなことです。また、いずれどこかでお逢いできる日がくることを心より願っています。

（二〇〇四年八月十日）
川越の自宅にて
花沢典子

著者プロフィール

花沢 典子（はなざわ のりこ）

東京都出身
日本児童教育専門学校中退

詩集　**まばゆい光の ひかりの道程**

2005年3月15日　初版第1刷発行

著　者　花沢 典子
発行者　瓜谷 綱延
発行所　株式会社文芸社
〒160-0022　東京都新宿区新宿1－10－1
電話　03-5369-3060（編集）
03-5369-2299（販売）

印刷所　図書印刷株式会社

ISBN4-8355-8691-3